ALBERT ROBIDA

Voyage

de Fiançailles

au XXᵉ siècle

PARIS, LIBRAIRIE L. CONQUET

1892

VOYAGE

DE FIANÇAILLES

AU XXe SIÈCLE

251

Tirage à 200 exemplaires sur chine
non mis dans le commerce

EXEMPLAIRE OFFERT

VOYAGE
DE FIANÇAILLES

AU XXᵉ SIÈCLE

TEXTE ET DESSINS

PAR A. ROBIDA

PARIS

LIBRAIRIE L. CONQUET

5, RUE DROUOT, 5

—

1892

I

Vers le commen-
cement de l'an-
née 1954, le jeune
Georges Lorris,
charmant garçon pourtant, causa d'assez
ennuyeuses préoccupations à M. Philoxène
Lorris son père, à l'illustre Philox-Lorris,
comme on l'appelle par abréviation, — l'une

des plus hautes figures de la grande industrie scientifique, l'inventeur de tant de grandes choses, comme notre précieux *téléphonoscope*, comme les *tubes* électriques qui ont remplacé les lignes ferrées d'antan, comme l'*aérofléchette*, la dernière simplification de la lourde aéronef des commencements de la navigation aérienne, — l'illustre chimiste qui vient de découvrir enfin et se propose de propager par culture et inoculation l'inestimable *microbe de la santé*, bacille en double virgule solidement armé pour la lutte, agile et féroce ennemi des autres microbes, — le grand homme qui bouleverse actuellement toutes les vieilles traditions et tous les systèmes militaires, en inaugurant, après l'ère des engins effroyables et des explosifs terrifiants que nous venons de traverser, l'ère de la guerre miasmatique faite par le corps médical offensif, aidé de quelques régiments venant en seconde ligne pour ramasser les ennemis malades et recueillir le fruit des victoires.

Le jeune Georges Lorris, sorti seulement avec le numéro 11 de *International Scientific*

Institut, simple lieutenant d'artillerie chimique à vingt-sept ans, ne semblait pas devoir donner à la grande maison Philox-Lorris un successeur de bien large envergure, et l'œil perçant de son illustre père découvrait en lui mainte trace de cet idéalisme suranné et de ce futilisme désolant des générations antérieures, qui fut la cause principale de l'étonnante lenteur avec laquelle le radieux Progrès put émerger du brouillard ténébreux des siècles antiscientifiques.

Et comme, après longues réflexions, après avoir de toutes façons essayé d'enrayer ce futilisme dû à de fâcheuses influences ataviques sans doute, à la prédominance, dans les circonvolutions cervicales de son fils, de molécules particulières provenant de quelque ancêtre futile et léger, — M. Philox-Lorris, renonçant à la lutte directe et abandonnant tout espoir sur cette génération ratée, songeait, pour retonifier le sang des Lorris en vue de la dynastie qu'il comptait bien fonder quand même, à unir Georges Lorris à quelque femme de mérites sérieux, archidiplômée, ingénieure en toutes sciences, à une cervelle dépourvue de tout vestige du déplorable futilisme féminin d'autrefois, — le jeune homme porta les contrariétés et les soucis de son père à leur maximum d'intensité en refusant net les partis proposés, malgré tous les séduisants avantages assurés et toutes les certitudes de bonheur réunies.

Il repoussa avec la même légèreté les deux plus brillants de ces partis :

Mlle Sophie Bardoz, trente-neuf ans, doctoresse en droit, en médecine, archidoctoresse ès sciences sociales, mathématicienne de premier ordre, une des lumières de la Faculté de médecine en même temps que flambeau de l'économie politique;

Et Mlle Coupard, de la Sarthe, sénatrice, trente-sept ans seulement, femme politique des plus remarquables, future ministresse, fille de Jules Coupard, de la Sarthe, l'homme d'État de la Révolution de 1935, dictateur élu pendant trois quinquennats consécutifs, petite-fille de l'illustre orateur Léon Coupard, qui fit partie de dix-huit ministères !

Avec l'une ou l'autre de ces demoiselles, c'était l'union de la haute science et de la haute politique, c'est-à-dire les plus belles ambitions permises aux descendants des Lorris-Coupard ou des Lorris-Bardoz. L'avenir s'ouvrait immense : prendre en main la direction des

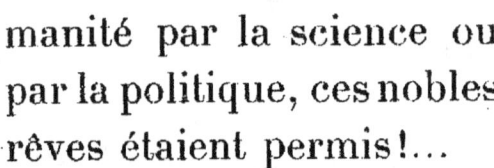

peuples, influer sur les destinées de l'humanité par la science ou par la politique, ces nobles rêves étaient permis!...

Mais Philox-Lorris eut beau faire luire devant son fils ces magnifiques assurances d'avenir et dérouler l'enchanteur tableau des bonheurs promis à l'époux de

l'éminente doctoresse Bardoz ou de la sénatrice Coupard de la Sarthe, le jeune homme
s'obstina, malgré toute l'éloquence de son
père, à tout repousser. Il avait d'autres idées,
un autre plan d'avenir, et à son tour il se mit
à développer ses projets.

O gênantes manifestations du futilisme an-
cestral! Ridicules idées d'un autre âge qu'il
était douloureux de voir renaître dans la
famille du plus triomphant représentant de
la science moderne!

Avec un déploiement de sentimentalités
dont nous rougissons pour lui, avec toutes
les creuses formules usitées aux siècles légers,
Georges Lorris se déclara épris d'une autre
jeune personne, Mlle Estelle Lacombe, non
parvenue à la maturité, pas même ingénieure,
pas même doctoresse encore, étudiante et
pourvue seulement de ses quatre premiers
diplômes!

Philox-Lorris, dont tous les plans s'écrou-
laient, put tout à son aise éclater en objurgations, discourir, prêcher, sermonner, perdre
son temps en longues discussions. Georges

Lorris, dédaignant toute la série de docto-
resses, d'ingénieures, de femmes éminemment
scientifiques, que son père faisait défiler devant ses yeux, déclara qu'il n'épouserait jamais que Mlle Estelle Lacombe, fille d'un
simple inspecteur des phares alpins, résidant
à Lauterbrunnen
(Suisse).

Disons en peu de
mots que ce grand
amour était né à la
suite d'un accident
survenu au grand
réservoir d'électri-
cité 17, en décem-
bre dernier, lequel
accident, entre au-
tres conséquences graves, brouilla toutes les
communications électriques pour quelques
heures, pendant lesquelles Georges Lorris, de
son cabinet de travail à Paris, eut l'occasion
par téléphonoscope de rassurer Mlle Estelle
Lacombe, effrayée dans sa chambre de Lauterbrunnen par l'ouragan électrique déchaîné.

Simple histoire, on le voit, comme on en pourrait lire, si l'on avait le temps de lire ces fadaises, dans les romans surannés des siècles passés.

Et il fallut bien, après quatre ou cinq mois de combats journaliers soutenus avec obstination par son fils, aidé en ceci par Mme Lorris, qui eût été désolée de se trouver de l'avis de son grand homme de mari, — pour la première fois, nous pouvons bien le dire, puisque depuis longtemps ces désaccords intimes sont de notoriété publique, — il fallut bien que M. Philox-Lorris fatigué, réclamé d'ailleurs par d'autres et plus sérieuses besognes, consentît, sinon tout à fait au sot mariage de son fils, du moins au préliminaire *voyage de fiançailles.*

Le voyage de fiançailles, sage coutume que nos aïeux n'ont pas connue, a remplacé, depuis une trentaine d'années, le voyage de noces d'autrefois. Ce voyage de noces, entrepris par les jeunes mariés de jadis après la cérémonie et le repas traditionnels, ne pouvait servir à rien d'utile. Il venait trop tard.

Si les jeunes époux, tout à l'heure presque
inconnus l'un à l'autre, découvraient, dans ce
long et fatigant tête-à-tête du voyage, qu'ils
s'étaient illusionnés mutuellement et que
leurs goûts, leurs idées, leurs caractères vrais,
ne concordaient qu'imparfaitement, il n'y avait
nul remède à ce douloureux malentendu, nul

autre que le divorce, et, quand on ne se dé-
cidait pas à recourir à cette amputation qui
ne pouvait se faire sans douleur ou tout au
moins sans dérangement, il fallait se résigner
à porter toute sa vie la lourde chaîne des for-
çats du mariage.

Aujourd'hui, quand une union est décidée,
quand tout est arrangé, contrat préparé, mais

non signé, les futurs, après un petit lunch réunissant seulement les plus proches parents, partent pour ce qu'on appelle le voyage de fiançailles, accompagnés seulement d'un oncle ou d'un ami de bonne volonté. Ils vont, libres de toute crainte avec leur mentor discret, faire leur petit tour d'Europe ou d'Amérique, courant les villes ou se portant, suivant leurs goûts, vers les curiosités naturelles des lacs et des montagnes.

Dans le tracas du voyage, des ascensions alpestres, des parties sur les lacs ou des promenades aériennes, à l'hôtel, aux tables d'hôte, les jeunes fiancés ont le temps et la facilité de s'étudier et de se bien connaître.

C'est alors, en ce quasi tête-à-tête de plusieurs semaines, que les vrais caractères se révèlent, que les vraies qualités s'aperçoivent, que les petits défauts se devinent et les grands aussi, quand il y en a. Et alors, si l'épreuve a révélé aux fiancés quelques incompatibilités, on ne s'obstine pas. Un seul mot de l'un d'eux en débarquant suffit, — avec une petite signification par huissier pour la régularité,

— et, sans discussion, sans brouille, le projet d'union est abandonné, le contrat préparé est déchiré et chacun s'en va de son côté, libre, tranquille, soupirant largement avec le sentiment d'avoir échappé à un grand danger, et prêt à recommencer l'épreuve avec un autre ou une autre.

La statistique nous apprend que, l'an dernier, en 1954, en France, vingt-deux et demi pour cent seulement des voyages de fiançailles aboutirent au résultat négatif, soixante-dix-sept et demi ont fini par le mariage définitif. La morale a gagné à ce changement de coutumes : grâce aux voyages de fiançailles, le chiffre des divorces a baissé considérablement.

« Soit, dit Philox-Lorris ; faites toujours votre voyage de fiançailles, puisque tu le veux, mais rappelle-toi que ça n'engage à rien..., nous verrons après. »

Georges Lorris ne se fit pas répéter deux fois la permission ; il courut à Lauterbrunnen-station, et, les démarches nécessaires faites, les arrangements pris, il fixa lui-même le jour du départ.

« Nous verrons après », a murmuré Philox-Lorris en donnant son consentement, et un sourire sardonique a passé sur sa figure. Ce savant pessimiste est persuadé — hélas! son expérience personnelle le lui a donné à croire — qu'il n'y a pas d'affection qui résiste aux mille ennuis du voyage en tête-à-tête, pour ces deux jeunes gens encore presque inconnus l'un à l'autre. Il se rappelle son voyage de noces à lui, car, en ce temps-là, l'usage n'était pas encore adopté de faire voyager les fiancés. Il est revenu brouillé avec Mme Philox-Lorris, après quinze jours d'excursion seulement, mais trop tard pour s'en aller sans cérémonie chacun de son côté, M. le maire et M. le curé y ayant passé.

« Nous verrons, se disait donc Philox-Lorris, fort de son expérience personnelle ; du voyage résulteront des ennuis, les ennuis produiront de petits chocs, les petits chocs des désillusions, les désillusions de grandes brouilles! Je m'arrangerai d'ailleurs pour faire naître ces ennuis et ces petits chocs.... Nous allons bien voir! »

Il se chargea de tous les préparatifs du voyage. Au lieu de mettre son aéroyacht de plaisance à la disposition des fiancés, il leur donna une simple aéronef d'un confortable plus sommaire et il choisit lui-même les compagnons des deux jeunes gens. Georges Lorris, heureux de voir son père s'amadouer, ne fit aucune objection et accepta toutes ces dispositions.

Le déjeuner de fiançailles eut lieu à l'hôtel Lorris. M. et Mme Lacombe arrivèrent avec Estelle par un train de tube du matin.

Philox-Lorris avait tracé le plan du voyage de fiançailles; au dessert, il remit ce programme à son fils.

« Mes chers enfants, dit-il, tout a été préparé par mes soins pour vous rendre cette promenade agréable et profitable; vous trouverez dans vos bagages tous les livres et instruments nécessaires, sextants, cartes, guides, statistiques, questionnaires, compas, éprouvettes, etc. Voici le programme, rempli, comme vous allez le voir, de vraies attractions :

« Visite des hauts fourneaux électriques,
forges et laminoirs de Saint-Étienne; études
et rapports sur les diverses améliorations
apportées depuis une dizaine d'années, etc.

« Visite du grand réservoir central d'électricité d'Auvergne; en établir un relevé complet, plan, coupe et élévation, avec notices
explicatives détaillées; étudier le système de
volcans artificiels adjoint à ce grand réservoir, développer des considérations sur l'avenir des grandes exploitations de la force électrique, etc., etc.... »

« Que dites-vous de cela? Vous ai-je préparé un voyage charmant? dit Philox-Lorris
en tendant ce séduisant programme avec un
carnet de chèques à son fils.

— Superbe! » répondit le jeune homme en
mettant programme et carnet dans sa poche.

Estelle n'osa rien dire; mais, au fond du
cœur, elle trouva les attractions un peu fai-
bles. La courageuse Mme Lacombe seule
hasarda quelques observations.

« Est-ce bien un voyage de fiançailles? fit-
elle; il me semblait qu'une bonne petite

excursion au Parc européen d'Italie, à Gênes, Venezia la Bella, Rome, Naples, Sorrente, Palerme, en poussant de ville d'eaux en ville d'eaux jusqu'à Constantinople par Tunis, le Caire, etc., eût mieux fait l'affaire.

— On est fatigué de voir cela par Télé, répondit le grand Philox, tandis qu'on revient d'un bon voyage d'études bourré d'idées nouvelles…. Tenez, demandez à Mme Lorris. Nous avons fait notre voyage de noces dans les centres industriels d'Amérique, allant d'usine en usine ; je suis sûr, bien qu'elle n'ait pas adopté la carrière scientifique et n'ait pas voulu s'associer à mes travaux, que Mme Lorris n'en a pas moins rapporté de Chicago les meilleurs souvenirs…. »

Le déjeuner ne traîna pas, M. Philox-Lorris étant pressé de retourner à son laboratoire. Il ne monta même pas à l'embarcadère pour assister au départ des fiancés, et se contenta de remettre à son fils un cliché phonographique.

« Tiens, voici mes souhaits de bon voyage, mes effusions paternelles et mes dernières recommandations; je les ai préparées en me débarbouillant ce matin. Au revoir! »

Les fiancés ne partaient pas seuls. Les compagnons exigés par les convenances étaient le secrétaire général particulier de Philox-Lorris, M. Sulfatin, et un grand industriel, M. Adrien La Héronnière, autrefois associé aux grandes entreprises de Philox, actuellement retiré des affaires pour cause de santé.

II

Pendant que les voyageurs s'installent dans l'aéronef, il convient de présenter ces deux personnages. Le secrétaire Sulfatin est un grand, fort et solide gaillard, marquant environ trente-cinq ou trente-six ans, large d'épaules, bâti carrément, un peu rugueux de manières, et de physionomie inélégante, mais extrêmement intelligente, avec des yeux extraordinaires, vifs, perçants, d'un éclat de lumière électrique. Ce nom de Sulfatin peut sembler bizarre, mais on ne lui en connaît pas d'autre. Il y a une mystérieuse légende sur le secrétaire général de Philox-Lorris. D'après ces on-dit, acceptés pour vérités dans le monde savant, Sulfatin n'a ni père ni mère, sans être orphelin pour cela, car il n'en a *jamais* eu,

jamais !... Sulfatin n'est pas né dans les conditions normales — actuelles du moins — de l'humanité; Sulfatin, en un mot, est une création; un laboratoire de chimie a entendu ses premiers vagissements, un bocal a été son berceau! Il est né, il y a une quarantaine d'années, des combinaisons

2

chimiques d'un docteur fantastique, au cerveau enflammé par des idées étranges, parfois géniales, mort fou après avoir épuisé sa fortune et son cerveau en recherches sur les grands problèmes de la nature. De toutes les découvertes de l'immense génie sombré si malheureusement dans l'aliénation mentale avant d'avoir pu conduire à bonne fin ses recherches et ses miraculeuses expériences, il ne reste que la résurrection d'une ammonite comestible disparue depuis l'époque tertiaire, et cultivée maintenant sur nos côtes par grands bancs qui font une sérieuse concurrence aux établissements ostréicoles de Cancale et d'Arcachon; un essai d'ichtyosaure, qui n'a vécu que six semaines, et dont le squelette est conservé au Muséum, et enfin Sulfatin, échantillon produit artificiellement de l'homme naturel, primordial, exempt des déformations intellectuelles amenées au cours d'une longue suite de générations.

L'autre compagnon de voyage, M. Adrien La Héronnière, n'est pas taillé sur le modèle de Sulfatin, le pauvre hère! Regardez cet homme chétif et maigre, long plutôt que grand, aux yeux caves abrités sous un lorgnon, aux joues creuses sous un front immense, au crâne rond et lisse semblable à un œuf d'autruche posé dans une espèce de coton rare et filandreux, tout ce qui reste de la chevelure réuni par quelques mèches à une barbe rare et blanche.  Cette tête bizarre tremble et oscille constamment dans le faux-col qui soutient le menton. Elle se relie à un corps lamentable et macabre, ayant l'apparence d'un squelette habillé dont on s'étonne de ne pas entendre claquer et cliqueter les os au moindre souffle. Vous donneriez par politesse à ce pauvre monsieur un peu moins de soixante-dix ans, pensant le rajeunir, et, en réalité, ce vénérable aïeul n'en a que quarante-cinq!

Oui, Adrien La Héronnière est l'image par-

faite, c'est-à-dire poussée jusqu'à une exagé-
ration idéale, de l'homme de notre époque
anémiée, énervée; c'est l'homme d'à présent,
c'est le triste et fragile animal humain, usé
par l'outrance vraiment électrique de notre
existence haletante et enfiévrée, lorsqu'il n'a
pas la possibilité ou la volonté de donner, de
temps en temps, un repos à son esprit tordu
par une tension excessive et continuelle, et
d'aller retremper son corps et son âme chaque
année dans un bain de nature réparateur,
dans un repos complet, loin de Paris, tortion-
naire impitoyable des cervelles, loin des centres d'affaires, loin de ses usines, de ses
bureaux, de ses magasins, loin de la politique
et surtout loin de ces tyranniques agents
sociaux qui nous font la vie si énervante et
si dure, de tous les télés, de tous les phonos,
de tous ces engins sans pitié, pistons et moteurs
de l'absorbante vie électrique au milieu de
laquelle nous courons, volons et haletons,
emportés dans un formidable et fulgurant
tourbillon!

Pauvre La Héronnière! Soumis depuis ses

plus tendres années à la plus intensive culture, il eut, au jour de son dix-septième printemps, un diplôme de docteur en toutes sciences et son grade d'ingénieur. O joie! il sortait avec un des premiers numéros d'*International scientific Institut*, et, muni des meilleures armes intellectuelles, se jetait dans la mêlée avec la volonté d'arriver le plus vite possible à la fortune.

Aujourd'hui que le coût de la vie est monté si fabuleusement, quand le petit rentier qui possède un million peut à peine vivoter de son revenu dans un coin retiré de campagne, songez à ce que le mot « fortune » doit représenter de millions!

Hypnotisé par l'éclat de ce mot magique, La Héronnière se jeta dans l'engrenage ; corps, âme et pensée, tout en lui fut aux affaires. Attaché au laboratoire de Philox-Lorris, il devint bientôt, de collaborateur de ses grandes recherches, associé à quelques-unes de ses entreprises.

Pendant des années, il ne connut pas le repos. A notre époque, si le corps a le repos des nuits, — après les longues veillées, bien entendu, — l'esprit enfiévré ne peut s'arrêter, et, machine trop bien lancée, continue le travail pendant le sommeil. On rêve affaires, on dort un sommeil cahoté dans le perpétuel cauchemar du travail, des entreprises en cours, des besognes projetées....

« Plus tard! Je n'ai pas le temps!... Plus tard!... Quand j'aurai fait fortune! » se disait La Héronnière lorsque des aspirations au calme lui venaient par hasard.

A plus tard les distractions! A plus tard le mariage! La Héronnière se plongeait davantage dans l'étude et le travail pour arriver plus vite à son but.

Mais lorsqu'il toucha enfin ce but : la fortune, la brillante fortune qui devait lui permettre toutes les joies si longtemps repoussées, l'opulent Adrien La Héronnière était un quadragénaire sénile, sans dents, sans appétit, sans cheveux, sans estomac, échiné jusqu'à la doublure, usé jusqu'à la corde, capable tout au plus, avec bien des précautions, de végéter encore quelques années au fond d'un fauteuil, dans un avachissement complet du corps, aux dernières lueurs d'un esprit vacillant qu'un souffle peut éteindre. Ce fut en vain que les sommités de la Faculté, appelées à la rescousse, essayèrent, par les plus vigoureux toniques, de redonner un peu de vigueur à ce vieillard prématuré, de galvaniser cet infortuné millionnaire : tous les systèmes essayés ne produisirent guère que des mieux passagers et ne réussirent qu'à enrayer un tout petit peu l'affaiblissement.

C'est alors que Sulfatin, ingénieur médical des plus éminents, esprit audacieux cherchant l'au-delà de toutes les idées et de tous les systèmes connus, entreprit de *reprendre en sous-œuvre* l'organisme prêt à s'écrouler et de *rebâtir* l'homme complètement à neuf.

Par traité débattu et signé, moyennant une série fortement ascendante de primes augmentant par chaque année gagnée, il s'engagea à faire vivre son malade et à lui rendre pour le moins les apparences de la santé moyenne au bout de la troisième année. Le malade se remettait entièrement entre ses

mains et s'engageait, sous peine d'un énorme
dédit, à suivre complètement et intégralement
le traitement institué. La Héronnière, après
avoir vécu quelque temps dans une *couveuse*
inventée par le docteur-ingénieur Sulfatin,
assez semblable à celle dans laquelle on élève,
pendant les premiers mois, les bébés trop
précoces, commença lentement à renaître;
Sulfatin lui avait donné d'abord pour gou-
vernante une ancienne infirmière en chef
d'hôpital qui le traitait comme un enfant,
l'alimentait au biberon, le promenait dans
une petite voiture sous les arbres du parc
Philox-Lorris et rentrait le coucher lorsque
le bercement du véhicule l'avait endormi.
Lorsqu'il put remuer et marcher sans trop
de difficultés, Sulfatin lui fit abandonner la
petite voiture et permit quelques sorties.
C'était déjà un joli résultat.

« Si ce diable de Sulfatin me prolonge
vingt ans, je suis absolument ruiné! gémis-
sait parfois La Héronnière.

— Soyez tranquille, disait Sulfatin; dans
cinq ou six ans, lorsque vous serez suffisam-

ment rétabli, je vous permettrai de rentrer un peu dans les affaires, légèrement, à petites doses mesurées, et vous rattraperez les primes que vous aurez à me payer.... Mais, vous savez, obéissance

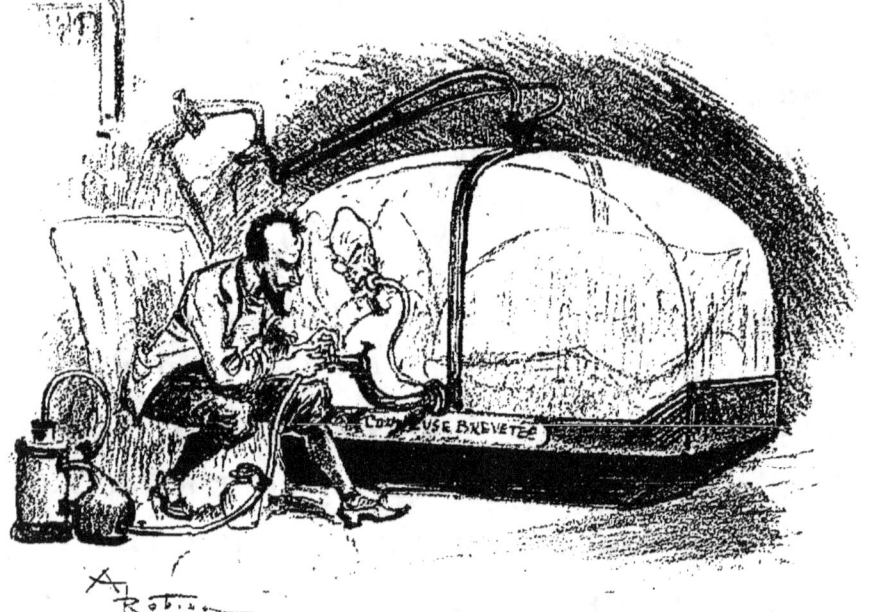

absolue, ou je vous abandonne en touchant le dédit, le fameux dédit.

— Oui ! oui ! oui ! »

Et M. La Héronnière, effrayé, subissait, sans se permettre la moindre observation, la direction de l'ingénieur médical.

M. Philox-Lorris, « le grand chef », lorsqu'il organisa le voyage de fiançailles de son fils, eut une longue conférence avec Sulfatin et lui donna de minutieuses instructions qu'il résuma ainsi :

« En deux mots, mon ami, votre rôle vis-à-vis de ces deux fiancés est très simple ! Ce qu'il me faut, c'est qu'ils reviennent brouillés ou, pour le moins, que cet étourneau de Georges perde en route ses illusions sur le compte de sa fiancée. Vous le savez, parbleu, un amoureux est un hypnotisé et un illusionné ; eh bien ! réveillons-le, désillusionnons-le !... Quelques bonnes projections d'ombre sur l'objet brillant et l'étincellement cesse.... »

III

Les vagues de l'Océan battent doucement en caresse le sable étincelant et doré d'une crique étroite, bordée de belles roches escarpées par endroits, sur lesquelles se mamelonnent des masses de verdure suspendues parfois jusqu'au-dessus des flots. Il fait beau, tout sourit aujourd'hui, le soleil brille, le murmure

du flot, comme une douce et lente chanson,
s'élève parmi les roches où l'écume floconne.

Au fond de la crique, près de quelques
barques hissées sur la grève, se voient quelques vieilles maisons de pêcheurs, couvertes
d'un chaume roux, par-dessus lesquelles, au

sommet de l'escarpement rocheux, trois ou
quatre menhirs, fantômes des temps lointains,
dressent dans le ciel leurs têtes grises et
moussues. Au loin, sur la berge d'une petite
rivière capricieuse et cascadante, un gros
bourg cache à demi ses maisons sous les
ombrages des chênes, des aunes et des châ-

taigniers, que perce une belle flèche d'église,
élancée et ajourée. Un calme profond règne
sur la région tout entière ; d'un bout de l'ho-
rizon à l'autre, aussi loin que l'œil peut voir
par-dessus les lignes de collines bleuâtres où
surgissent aussi d'autres clochers çà et là,
nulle trace d'usines ou d'établissements industriels gâtant tous les coins de nature,
pas de tubes coupant le paysage d'une ligne
rigide, point de ces hauts bâtiments indiquant
des secteurs d'électricité, point d'embarca-
dères aériens, et pas la moindre circulation
d'aéronefs dans l'azur.

Où sommes-nous donc? Avons-nous reculé
de cent cinquante ans en arrière, ou débar-
quons-nous dans une partie du monde si loin-
taine et si oubliée que le progrès n'y a pas
encore pénétré?

Non pas! Nous sommes en France, sur la
mer de Bretagne, dans un coin détaché des
anciens départements du Morbihan et du
Finistère, formant, sous le nom de *Parc national d'Armorique*, un territoire soumis à un
régime particulier.

Bien particulier, en effet. De par une loi d'intérêt social votée il y a une cinquantaine d'années, le Parc national a été dans toute son étendue soustrait au grand mouvement scientifique et industriel qui commençait alors à bouleverser et à transformer radicalement la surface de la terre, les mœurs, les caractères et les besoins, les habitudes et la vie de la fourmilière humaine.

Le Parc national d'Armorique est une terre interdite à toutes les innovations de la science, barrée à l'industrie. Au poteau marquant sa frontière, le progrès s'arrête et ne passe pas; il semble que l'horloge des temps soit arrêtée; à quelques lieues des villes où règne et triomphe en toute intensité notre civilisation scientifique, nous nous trouvons reportés en plein moyen âge, au tranquille et somnolent XIXᵉ siècle.

Dans ce Parc national, où se perpétue l'immense calme de la vie provinciale de jadis, tous les énervés, tous les surmenés de la vie électrique, tous les cérébraux fourbus et anémiés. viennent se retremper, chercher le

repos réparateur, oublier les écrasantes préoccupations du cabinet de travail, de l'usine
ou du laboratoire, loin de tout engin ou ap-
pareil absorbant et énervant, sans télés, sans
phonos, sans tubes, sous un ciel vide de toute
circulation.

Comment les fiancés Georges Lorris et Estelle Lacombe, avec Sulfatin et son malade
La Héronnière, sont-ils ici, au lieu d'étudier
en ce moment, suivant les instructions de
Philox-Lorris, les hauts fourneaux électriques
du bassin de la Loire ou les volcans artificiels d'Auvergne?

Georges Lorris, dès qu'il eut installé Estelle
dans un fauteuil d'osier, plia soigneusement
les instructions de Philox-Lorris, les mit dans
sa poche et s'en alla dire deux mots au mécanicien. Aussitôt, l'aéronef, qui avait pris la
direction du sud, vira légèrement sur tribord
et pointa droit vers l'ouest. Sans doute Sulfatin, qui tâtait le pouls à son malade, ne
s'en aperçut pas, car il ne fit aucune observation. Le temps était superbe; l'atmosphère,
d'une limpidité parfaite, permettait à l'œil de

fouiller jusqu'en ses moindres détails l'immense panorama qui semblait avec une vertigineuse rapidité se dérouler sous l'aéronef : chaînes de collines, plaines jaunes et vertes capricieusement découpées par les méandres des rivières, forêts étalées en larges taches d'un vert sombre, villages, villes....

On suivit quelque temps, à six cents mètres au-dessus, le tube de Paris-Brest ; on croisa plusieurs aéronefs-omnibus de Bretagne, et Sulfatin, qui contemplait le paysage avec une lorgnette, ne dit rien ; on passa au-dessus des villes de Laval, de Vitré, de Rennes, signalées pourtant à haute voix par Georges, sans qu'il fît aucune observation.

Ce fut Estelle, plongée comme dans un rêve charmant, qui tout à coup quitta le bras de Georges.

« Mon Dieu, fit-elle, je n'y songeais pas, tant j'étais heureuse, mais nous n'allons pas à Saint-Etienne?

— Étudier les hauts fourneaux électriques, forges, laminoirs etc., répondit Georges en souriant ; non, Estelle, nous n'y allons pas !...

— Mais les instructions de M. Philox Lorris?

— Je ne me sens pas en train en ce moment pour ce genre d'occupations.... Je serais obligé de faire une trop dure violence à mon esprit, qui est aujourd'hui entièrement fermé aux beautés de la science et de l'industrie....

— Pourtant....

— Voudriez-vous me voir devenir un second La Héronnière? Je désire pour quelque temps, pour le plus longtemps possible, ignorer toutes ces choses, à moins que vous ne teniez vous-même à vous plonger dans ces douceurs; je souhaite ne plus entendre parler d'usines, de hauts fourneaux, d'électricité, de tubes, de toutes ces merveilles modernes qui nous font la vie si bousculée et si fiévreuse!... »

L'aéronef atterrit au dernier débarcadère aérien, à la limite du Parc national, sans que Sulfatin soulevât la moindre objection. Il était six heures du soir lorsque les voyageurs touchèrent le sol; immédiatement, Georges Lorris emmena tout son monde vers un véhicule bizarre, à caisse jaune, traîné par deux vigoureux petits chevaux.

« Oh! c'est une diligence! s'écria Estelle; j'en ai vu dans les vieux tableaux! Il y en a encore! Nous allons voyager en diligence, quel bonheur!

— Jusqu'à Kernoël, un pays délicieux, vous verrez! Vous n'êtes pas au bout de vos étonnements! Dans le Parc national de Bretagne, vous n'allez plus retrouver rien de ce que vous connaissez.... Ce qui me surprend, c'est que notre ami Sulfatin ne dise rien et ne réclame pas contre les accrocs au programme; mais ces savants sont si distraits que Sulfatin se croit peut-être en aérocab. »

Deux heures de route par des chemins charmants, où rien ne rappelait le décor de la civilisation moderne : petits villages tranquilles à toits de chaume, calvaires de granit à personnages sculptés groupés au pied de la croix, auberges indiquées par des touffes de gui, troupeaux de porcs gardés par de vieux bergers à silhouette fantastique.... Estelle, penchée au carreau de la diligence, croyait rêver. Sur le pas des portes, dans les villages, des femmes faisaient tourner des rouets, de vrais rouets, comme on n'en voit plus que dans les vieilles images ; bien mieux, sur les talus des routes, des femmes assises dans l'herbe filaient l'antique quenouille !

« Quand on songe, dit Sulfatin, aux grandes usines de Rouen, où quarante mille balles de laine entrent tous les matins pour se faire laver, carder, teindre, tisser, et en sortent, le soir, transformées en camisoles, gilets, bas, châles et capuchons ! »

Sulfatin n'était pas si distrait qu'on le pensait. Georges le regarda très surpris. Comment, il savait où l'on allait et il ne réclamait pas !

A toutes les auberges de la route, suivant l'antique usage, le postillon s'arrêtait, échangeant quelques mots avec les servantes accourues sur la porte, et prenait une grande bolée de cidre avec un petit verre d'eau-de-vie. Enfin, le conducteur, du bout de son fouet, indiqua aux voyageurs une flèche d'église qui se dressait en haut d'une colline.

C'était la toute petite ville de Kernoël, assise dans le cadre d'or des genêts, au bord d'une petite rivière qui s'en allait trouver la mer à une demi-lieue. Clic, clac! avec un grand bruit de ferraille secouée et de claquements de fouet, la diligence traversa la ville au grand galop de ses chevaux. Jolie petite ville, à la mode de jadis, en son cadre de remparts ébréchés et moussus, avec une belle église grise et jaune, en haut de la colline, avec des rues tortueuses et des files serrées de maisons à pignons ardoisés dont toutes les poutres sont soutenues par de bonnes figures de saints barbus, par des animaux bizarres, ou se terminent par de grosses têtes qui font au passant les plus comiques grimaces.

O étonnement! Il y a même des réverbères suspendus au-dessus des carrefours! Des réverbères que le soir un bonhomme descend en tirant sur la corde, et qu'il allume gravement avec un bout de chandelle. C'est véritablement inimaginable! Toute la population est en l'air sur le passage de la diligence, les boutiquiers sont bien vite sur les portes, les bonnes femmes se mettent aux fenêtres. Les voyageurs admirent les costumes de ces braves gens. Foin des modes modernes! Les naturels de ce pays s'en moquent autant que des idées nouvelles. Ils sont restés fidèles aux vieux costumes de leurs ancêtres. Les hommes ont les bragoubrass et les guêtres, la veste brodée et le grand chapeau. Les femmes portent les corsages bleus ou rouges à larges entournures de velours, les jupes droites à plis lourds, les belles collerettes blanches et les coiffes à grandes ailes. C'est superbe, et l'on ne voit plus cela qu'ici ou dans les opéras.

La diligence s'arrêta sur la grande place, à l'auberge du *Grand-Saint-Yves*, flanquée à droite du *Cheval-Rouge* et à gauche de l'*Écu-de-Bretagne*. Une plantureuse hôtesse, très empressée, et des servantes à la figure réjouie, reçurent les voyageurs à la descente de la diligence. On leur donna de vastes chambres éclairées d'un côté sur la rue et de l'autre sur une cour pittoresque, entourée de bâtiments divers, de remises, d'écuries, et encombrée

de véhicules, omni-
bus, cabriolets et au-
tres antiques guim-
bardes.

Estelle avait deux
chambres, une petite
pour Grettly et, pour
elle, une immense pièce
à poutres apparentes,
à grande cheminée et à
meubles antiques.

— De naïves litho-
graphies du moyen âge, retraçant les mal-

heurs de Geneviève de Brabant, ornaient les murs, tapissés d'un papier à grandes fleurs.

IV

L'auberge du *Grand-Saint-Yves* (cinq francs par jour, trois repas, beurrée de l'après-midi et cidre compris) était presque pleine en cette belle saison. D'avril à octobre, elle est fréquentée par les artistes-ingénieurs-photo-peintres ou photo-picto-mécaniciens, qui viennent braquer sur les grèves de Kernoël leurs appareils pour photoléographie, photo-aquarelle, ou, ce qui est la dernière trouvaille du progrès artistique, photo-picto-mécanique, et nous donnent ainsi, en groupant avec art les pêcheurs ou paysans, leurs modèles, dans des scènes ingénieusement trouvées, sur des fonds appropriés, les magnifiques photo-tableaux que nous admirons aux différents Salons.

Outre les photo-peintres, joie de la table d'hôte, il y avait au *Grand-Saint-Yves* quelques autres couples en voyage de fiançailles, comme Georges et Estelle, et qu'il importe de présenter avec des numéros d'ordre pour ne pas les confondre :

Couple n° 1 : M. Célestin de Carqueville,

notaire international à Constantinople, et Mlle Pierrette Castilly, récemment pourvue de ses diplômes de doctoresse en médecine.

Couple n° 2 : M. Théodore Maubrec. ingénieur-constructeur, et Mlle Berthe Taillepied, professeur de *Salade-Langage*, langue universelle, auteur de charmants petits traités : *l'Anglais en vingt-cinq nursery-rhymes*, *l'Allemand en vingt-cinq ballades*, *l'Italien en vingt-cinq chansons*, etc., professeur de bon goût

dans l'ameublement au journal *la Mode universelle*.

Couple nº 3 : M. Gustave Guillebert, banquier, et Mlle Caroline de Hambye, avocate, attachée au contentieux du *Crédit industriel*; accompagnés, bien entendu, d'un lot de mentors, oncles, amis, pas bien gênants, il faut le dire, et qui passaient leur temps, en dehors des repas, à prendre un violent exercice autour du billard qu'ils accaparaient pour d'interminables parties, à la grande fureur des photo-peintres, obligés de se contenter des dominos, au retour des longues séances devant le *motif*.

Le couple nº 1, Mᵉ de Carqueville, descendant d'une noble famille normande dont les

châteaux gisent en ruines dans les herbages du Cotentin, lorsqu'ils n'ont pas été relevés avec le titre et le blason par d'opulents financiers, et Mlle Castilly, le petit notaire et la doctoresse, sont ici depuis plus de deux mois, ils hésitent tous les deux à prendre une décision définitive, s'observant mutuellement comme deux duellistes, finassant, cherchant à découvrir, sous l'enveloppe un peu sucrée,

leurs vrais caractères. Ils font durer l'hésita-
tion et remettent de jour en jour le départ
pour se donner le temps d'un supplément
d'observation. Leurs mentors, il est vrai, ne
les pressent pas de se décider et les laissent
réfléchir à loisir; ce ne sont pas des parents
que leurs propres affaires pourraient rappeler
chez eux, ils ont été fournis par l'Agence
matrimoniale qui, sur la demande du notaire
international stamboulois, lui a découvert une
fiancée assortie.

Le voyage du couple n° 2 semble devoir
réussir. M. Maubrec et Mlle Taillepied, toujours l'un près de l'autre, la main dans la main,
les yeux dans les yeux, même à table, ne pa-
raissent même pas s'apercevoir de la présence
des autres fiancés. Ils ne parlent à personne
et passent leur temps en *a parte* dans les coins,
en petites conversations à voix basse, ponc-
tuées de petits soupirs et de regards langoureux.

MM. de Carqueville et Guillebert, qui ob-
servent le manège, ne se gênent pas pour en
rire; ils se montrent parfois à travers la table

ces fiancés modèles, en haussant les épaules et en clignant de l'œil du côté de M. Maubrec d'un air de commisération profonde.

Quant au couple n° 5, le couple Guillebert-de Hambye, le banquier et l'avocate, il avait, à son débarquement au *Grand-Saint-Yves*, une

quinzaine auparavant, été jugé vraiment délicieux. Ah! c'étaient Roméo et Juliette! Roméo un peu gros et Juliette un peu mûre.... Ils semblaient planer dans l'azur d'une poésie éthérée; quand ils parlaient, on était étonné que ce ne fût pas en vers.... Ensuite, mieux observés, on s'aperçut qu'il y avait des intermittences à ce débordement de poésie, du moins du côté du banquier, et que Roméo à certains jours agissait assez singulièrement avec Juliette.

Quelques jours après l'arrivée de Georges Lorris, un matin que le temps s'était gâté, alors que les hôtes du *Grand-Saint-Yves*, réunis après déjeuner dans l'arrière-salle où, sous les doigts inhabiles d'Estelle, un grand vieux piano du siècle dernier qui se fait marcher à l'ancienne mode, avec les doigts et beaucoup de fatigue, et non comme nos phono-pianos au moyen de clichés musicaux, exhalait quelques notes de vieux airs d'opéra, pendant que les couples en voyage de fiançailles regardaient, par les fenêtres grandes ouvertes sur le jardin, les larges gouttes de la pluie percer le feuillage du berceau de glycine où l'on prenait habituellement le café, et s'éclabousser sur les pivoines des allées, sur les poires et les pêches des espaliers, on vit M. Guillebert prendre son *imperméable* à capuchon et, sur un simple signe de lui, Mlle de Hambye se lever pour le suivre.

Malgré la pluie, malgré les protestations

des mentors en train de reprendre leur éternelle partie de billard ou de remuer les dominos avec les photo-peintres, ils sortirent et
traversèrent rapidement la place, dans la direction de la vieille porte de ville sous laquelle

soufflaient de véritables rafales de vent, ap-
portant jusque-là l'écume de la mer.

Roméo marchait en tête et Juliette suivait
sans mot dire, pataugeant dans les flaques,
s'éclaboussant parfois jusqu'aux épaules.
Roméo, enfoui sous son capuchon, un gros

cigare aux lèvres et la canne à la main,
se retournait de temps en temps d'un air im-
patienté; Juliette, malgré le mal qu'elle avait
à tenir son parapluie, lui adressait le plus
gracieux de ses sourires et continuait im-
perturbablement à sautiller à travers les
ruisseaux des rues changés en rivières abou-
tissant à de véritables lacs aux carrefours. Un
des mentors avait saisi son parapluie pour les
suivre, mais, au premier tournant de rue, il
perdit courage et rebroussa chemin.

Du *Grand-Saint-Yves* on les avait curieuse-
ment observés louvoyant sous l'ondée et la
bourrasque; quand ils disparurent sous la
porte, Mlle Taillepied, qui avait mauvaise
langue, éclata de rire et dit à Georges Lorris:

« Cela vous étonne, cette petite promenade à la mode des grenouilles? Vous n'avez
donc pas déjà remarqué le petit manège de
Roméo?

— Quoi donc?

— Eh bien, Roméo met de temps en temps
Juliette à l'épreuve.... Comme il le disait à mon
fiancé en l'engageant à faire de même, il sou-

met son caractère à la pierre de touche de la
contrariété.

— De simples petites taquineries, dit Estelle.

— Des taquineries? Allons donc! de la con-
tradiction systématique, des pointes désa-
gréables, de la brusquerie souvent, de la brutalité même!

— Oh! de la brutalité!

— En paroles, bien entendu, mais de la véritable brutalité, tout juste après qu'il a été
à peu près aimable, lorsque pendant une
heure ou deux il a oublié de la tracasser....

— Et que dit cette pauvre demoiselle?

— Juliette? Douce comme un agneau,
comme un troupeau de timides agnelets! Elle
ne bronche pas, elle sourit toujours et quand
même à tout ce que dit le seigneur Roméo,
elle ne laisse jamais voir la moindre contrariété, ne lui fait pas la moindre opposition,
adopte toutes ses opinions, accepte toutes ses
idées, le regard tout aussi langoureux quand il
accueille par une véritable rebuffade une idée
d'elle que lorsqu'il se montre gracieux par
hasard ou par oubli....

— Eh bien, il est gentil, le monsieur! s'écria Georges indigné.

— Que voulez-vous, il a de la méfiance! Je crois que Juliette a tort.... Mauvaise tactique, trop de douceur! Plus elle se montre un mouton bêlant, plus Roméo sent sa méfiance grandir et plus il accentue ses épreuves.... Il la fait véritablement *trimer* pour essayer son caractère, il lui fait faire des kilomètres et des kilomètres au soleil, il la fait marcher aussi sous la pluie, vous le voyez, et jamais un murmure!... Attendez, vous allez bien voir au retour de leur promenade aquatique.

— Cela m'étonne d'autant plus, dit tout bas M. de Carqueville à Georges Lorris, que Mlle de Hambye est doublement de robe, puisqu'elle est avocate, et que cette dame si douce est au Palais une fine langue, douée d'une éloquence aiguë déjà redoutable et redoutée....

— Vraiment?

— Si vous avez des procès, je ne vous la souhaite pas pour adversaire!... Oh! l'avocate, terreur des gens de robe barbus..., la femme impérieuse et dominatrice qui ne plie jamais, qui refuse de voir ce qui dérange ses plans ou combinaisons et qui toujours et quand même, partout et en toutes choses, entend avoir raison!... Elle vous triture les magistrats, elle vous pétrit les jurés jusqu'à

ce qu'ils cèdent..., jusqu'à ce que le mari... ou le gendre... demande grâce....

— Le mari? le gendre? Je vous en prie, revenons aux avocates, dit Georges, étonné de la tournure que prenait le discours de M. de Carqueville.

— C'est vrai, je m'oubliais... je veux dire seulement que Mlle de Hambye saura prendre sa revanche si jamais le fiancé a l'imbécillité de risquer le mariage.... On ne saurait trop réfléchir, mon cher monsieur, on ne saurait trop.... »

V

La pluie de la veille n'avait pas laissé de traces dans les chemins, le soleil avait tout séché, il faisait un temps splendide ; les mentors continuaient leur éternelle partie de billard.

Georges Lorris et Estelle ayant pris un livre, le *Barzas-Breiz*, recueil de poésies bretonnes, ballades historiques, chansons gaies ou tristes, cantiques pieux où résonne l'âme d'un peuple, s'en étaient allés vers la mer à travers la lande en fleur, feutrée de fines bruyères roses et piquée de grosses touffes de genêts.

Au-dessus de la grève dominant toutes les anfractuosités de la côte, — criques de sable jaune découpées dans les roches sombres, petites plages où la lande descend presque jusqu'à la mer, où des chênes trapus projettent l'ombre de leur feuillage jusque sur les

premières vagues, grottes profondes encom-
brées de débris de rochers, récifs éclaboussés
d'écume en avant des pointes, — se dresse
sur un monticule un vieux dolmen moussu,
à demi écroulé, tombeau de quelque chef des
âges inconnus, bercé ici depuis tant de siècles

par la chanson des flots,
qui lui dit peut-être en son
murmure plaintif ou joyeux,
en ses éclats de colère, les
bonheurs ou les malheurs de sa race.

Heureux de vivre, heureux de respirer cette
brise de la mer, ces parfums de la lande, gri-
sés un peu par le soleil, par le chant des oi-

seaux, par le doux clapotis des vagues, par
tout ce bleu du ciel que traverse l'aile blanche
des mouettes rasant la ligne verte de l'hori-
zon ou palpitant plus haut dans l'éblouisse-
ment de l'azur, Georges et Estelle vinrent
s'asseoir dans l'herbe haute à l'ombre du dolmen et restèrent là plongés dans une douce
rêverie, lisant parfois l'un des chants du *Barzas-Breiz*, ou restant de longues minutes à
suivre de loin les courses folles d'un oiseau de
mer, presque sans pensée, perdus dans la tranquille sérénité de la nature.

De jour en jour, la pleine conformité de
leurs goûts leur apparaissait davantage, et le
sentiment qui les poussait l'un vers l'autre
devenait, s'il était possible, plus complet et
plus fort. En vérité, ceux-ci n'avaient guère
besoin de ce petit essai matrimonial, de ce
stage d'épreuve imposé par l'usage aux fiancés d'à présent. Ils auraient pu sans craindre
les désillusions du lendemain aborder tout de
suite au port et comparaître devant M. le maire.

Sans aller comme Estelle jusqu'à la terreur
de cette Science exigeante et encombrante,

qui nous absorbe maintenant, nous opprime véritablement, nous entoure de mille liens visibles ou invisibles et fait de chacun de nous quelque chose comme un simple petit rouage, tournant humblement dans un coin quelconque, parmi les engrenages formidables d'une immense machinerie, — ce fils de savant n'avait pas tout à fait le fétichisme de la science et ne se sentait pas disposé à tout ramener à elle, à tout lui sacrifier, son temps, ses goûts, sa vie, et à se laisser dessécher l'âme et le cœur par elle. Il avait d'autres aspirations et n'entendait nullement y renoncer ; il voulait vivre, aimer, espérer, à la bonne et simple façon de ces hommes naïfs des âges moins compliqués.

« Nous pouvons causer de nos projets d'avenir tout à notre aise, dit Georges, personne ne viendra nous déranger ; nous pouvons laisser notre cœur parler, le vieil ancêtre couché sous le dolmen peut seul nous entendre et il ne nous trouvera pas ridicules....

— M. Sulfatin n'est pas là ? fit Estelle. Quand je dis un mot, quand je souris, il me semble toujours voir son œil moqueur se fixer sur moi..., je me sens devenir tout à fait niaise et je rougis de ce que je dis....

— Sulfatin moqueur! Non. Sulfatin est tellement au-dessus et en dehors de ce que mon père appelle *les manifestations du futilisme latent de l'âme humaine*, qu'il ne daigne s'occuper de nous.... Voyez-le là-bas, sur la grève ; il a commencé sa promenade avec nous, mais notre conversation, je suis obligé de l'avouer, lui a causé un profond ennui et il est resté peu à peu en arrière.... Je le trouve très gentil....

, — Voyez-le : il ramasse des fragments de rocher, il en étudie la composition....

— Et il fait gravement des ricochets avec chaque caillou examiné! Et voici en arrière Grettly qui vient avec le pauvre La Héronnière clopin clopant.... Ils ne sont pas gênants non plus.... Nous pouvons, ma chère Estelle, parler à cœur ouvert sans redouter le sourire moqueur de personne.... Je veux que vous me disiez quels sont vos désirs, je veux que ce soit vous qui traciez le plan de notre existence future, pour le jour béni où nous serons vraiment l'un à l'autre....

— Quelles heures délicieuses dès maintenant! murmura Estelle. Je voudrais voir durer
longtemps encore... toujours... ce voyage de
fiançailles....

— J'espère que les heures qui suivront.

plus tard, après notre mariage, ne seront pas
moins bonnes, et s'il ne dépend que de moi.... »

Tout à coup, derrière eux, une voix qui
s'élevait, une voix d'homme avec un accent
aigrelet assez prononcé, interrompît Georges.

C'était de l'autre côté du dolmen, où sans
doute des gens arrivant par un chemin op-
posé venaient de s'asseoir sur l'herbe épaisse.

« Vous ne me ferez pas croire, disait la
voix d'homme, que vous n'avez pas au moins
quelque petit défaut de caractère..., un tout
petit, là?... qui ne demande qu'à grandir....
Avouez-en un, au moins!

— Et vous quelque manie? répondit une
voix de femme.

— Chacun a les siennes!

— Quand ce ne serait que la manie de la
taquinerie qui vous porte à tracasser les gens
un peu plus qu'il ne faudrait....

— Non pas! C'est seulement nécessité d'in-
vestigation, désir de connaître vos idées, vos
goûts, votre vrai caractère enfin. Mais vous
vous cuirassez d'affectation et de dissimulation.... Où est la vraie Caroline de Hambye dans
tout cela? Je demande humblement à faire sa
connaissance avant le mariage.... C'est le but
de l'institution du voyage de fiançailles, ne l'ou-
blions pas..., simple voyage de découvertes. »

Estelle et Georges se regardèrent, ils avaient
reconnu les voix.

« C'est M. Guillebert le banquier et sa
fiancée Mlle de Hambye, qui firent hier une

promenade si mouillée, » fit Georges tout bas.

« Je suis persuadé que votre douceur est une affectation, je vous le dis nettement aujourd'hui, reprit M. Guillebert, j'aimerais mieux plus de franchise…. Voyez-vous l'agrément que j'aurais si, brusquement, après les épousailles, je découvrais que votre vrai caractère est tout autre que celui dont vous vous êtes parée?… Moi, je suis plus franc, je me montre comme je suis, et même plus grincheux que je ne suis….

— Mais en somme suffisamment désagréable!… »

L'entretien semblait prendre la tournure d'une altercation. Georges toussa vivement pour faire connaître sa présence de l'autre côté du dolmen.

« Tiens, vous étiez là! fit M. Guillebert tournant autour des pierres. Oh! c'est sans inconvénient!… Au point où en sont les choses entre mademoiselle et moi, nous pouvons bien l'avouer tout haut, je commence à croire que notre voyage de fiançailles n'aboutira pas…, il y a des points noirs….

— Un peu trop noirs, décidément! appuya
Mlle de Hambye.

— D'un côté, des petites nuances de caractère devinées plutôt qu'aperçues....

— De l'autre, l'humeur franchement désagréable d'un monsieur beaucoup trop quin-
teux et difficile....

— Permettez! la surprise serait agréable
plus tard avec moi, car j'exagère cette humeur
quinteuse que vous me reprochez!... j'exagère
la rugosité pour parvenir à découvrir votre
vrai caractère, pour user sur quelque point la
triple cuirasse de dissimulation dont vous
l'enveloppez!...

— Vous êtes un impertinent!

— Soit! je suis un impertinent, mais vous,
je vous le dis, vos airs douceâtres cachent
une duplicité profonde.... On ne se fait pas
si sucrée que ça, c'est trop! Quelle désillu-
sion plus tard, quand vous renoncerez à votre
caractère postiche....

— Monsieur, la grossièreté sans vergogne
que vous laissez voir depuis quelques jours
est parvenue à user la patience dont, j'étais

prévenue, une femme doit faire ample provision pour le mariage!... »

VI

Georges et Estelle, assez ennuyés de cette altercation, allaient quitter la place et reprendre le chemin de Kernoël, lorsque l'arrivée par le petit sentier de M. de Carqueville avec Mlle Castilly et du couple Maubrec-Taillepied suivi d'un de ses mentors changea le cours de la désagréable conversation.

Le notaire et la doctoresse causaient tranquillement, en bons amis, chacun les mains dans ses poches; mais M. Maubrec et Mlle Taillepied, serrés l'un contre l'autre, la main dans la main, disaient peu de chose, à peine un mot de temps en temps, que le mentor, marchant sur leurs talons, recueillait soigneusement avec un phonographe de poche.

Ils s'arrêtèrent tous dans une petite crique,
où Georges et Estelle, laissant Roméo et Juliette se disputer, s'empressèrent de les re-
joindre. On prit place sur l'herbe, à l'ombre
d'une pointe de rocher qui séparait la crique
d'une anse plus grande où des barques de
pêche dormaient à sec sur le sable.

Il y avait là quelques cabines de bain,
appartenant au *Grand-Saint-Yves*; au bout
d'un instant M. Maubrec, au milieu d'une
série de regards tendres adressés à Mlle Taillepied, cligna de l'œil vers ce côté.

M. de Carqueville donna un coup de coude
à Georges.

« Je vais vous traduire ce langage par
œillades, fit-il tout bas. Voici ce que dit le regard ému de M. Maubrec : « *Prendrez-vous un
bain aujourd'hui, ô mon idole? — Si vous
voulez, ô mon chevalier!* répond le sourire
de Mlle Taillepied.... — *L'eau doit être très
bonne, ô ma sultane! — Allons-y donc, ravis-
seur de mon âme!* »

Il traduisait bien, car aussitôt M. Maubrec

et Mlle Taillepied se levèrent et se dirigèrent vers les cabines, suivis par leur mentor, qui portait les costumes de bain.

A l'autre pointe de la crique, on voyait encore le couple Guillebert-de Hambye, Roméo et Juliette, continuant la dispute commencée; leurs silhouettes gesticulantes se dessinaient sur le ciel à côté du dolmen. M. Guillebert, trapu et bedonnant, se redressait, croisait les bras, levait les mains au ciel, tandis que Mlle de Hambye, grande et mince, très élégante de lignes, avec des gestes plus sobres, semblait de temps en temps décocher une phrase ironique qui faisait immédiatement sur M. Guillebert l'effet de la ficelle secouant les bras et les jambes d'un pantin.

Par contre, le couple Maubrec-Taillepied, ne pouvant plus épancher le trop-plein de ses tendresses par clins d'œil passionnés, parlait maintenant et se criait des douceurs d'une cabine à l'autre.

« Mademoiselle Berthe?

— Plaît-il?

— Vous venez seulement de disparaître et il me semble déjà qu'il y a plus d'un siècle que je ne vous ai vue!

— Cher Théodule! vous me manquez aussi, croyez-le bien! Dites-moi, mon petit Dudule, j'ai encore une idée pour notre installation... : nous aurons une aéroflèche que nous conduirons nous-mêmes;... pas de mécanicien, n'est-ce pas?

— Oui! et si les affaires vont bien, un aérocab à quatre places! »

M. de Carqueville et Mlle Castilly avaient repris leur conversation particulière.

« Vous pensez alors très sérieusement qu'une doctoresse recommandée par les maîtres de la Faculté de Paris et par le bruit qu'a fait sa thèse de doctorat : *De l'influence de certains bacilles des circonvolutions cérébrales sur les caractères et les tendances bonnes ou mauvaises de l'être humain*, qu'une lauréate des concours se créerait vite une belle clientèle dans la société cosmopolite de Constantinople?

— Avec mes relations dans le monde admi-

nistratif et financier, j'en suis sûr, une clientèle fructueuse!

— Combien un docteur un peu lancé fait-il
payer ses visites là-bas?

— Ça va de soixante-quinze à deux cents
francs.... Mais, pour en revenir à ce que je

vous disais tout à l'heure....

— L'affaire des terrains?

— Oui, les terrains dominant Stam-
boul-plage, un parc superbe dépen-
dant du palais du Sultan.... C'est
compris dans l'actif de la faillite de la Porte,
et, dans l'arrangement conclu avec les créan-
ciers, cela lui a été laissé; mais on a besoin
d'argent, et l'on céderait volontiers.... Nous

achetons à quelques-uns pour mettre plus tard l'affaire en actions; nous allotissons les terrains, nous construisons des villas en grand nombre, pour toutes les bourses, villas princières en bordure de la mer et villas modestes en arrière sur les hauteurs.... Vous voyez d'ici les bénéfices!

— Hum! il y a une telle part d'aléa dans ces spéculations!

— Attendez, ce n'est pas tout : il y a sur le plus bel emplacement une grande mosquée; par nos influences sur le conseil municipal stamboulois nous obtenons sa désaffectation, nous achetons l'immeuble — je l'ai fait visiter par nos architectes, c'est solide et bien bâti — et nous le transformons, presque sans changements et sans frais, en *Grand-Casino*, avec salles de bal et de concert, roulette et tout ce qui s'ensuit! Du coup se trouve coulé l'ancien Casino, moins bien situé et qui n'a pas cet avantage d'occuper un monument historique, une vieille mosquée du XVe siècle.... Combien pensez-vous mettre dans cette affaire, mademoiselle?

— Il faut voir..., il faut réfléchir.... »

M. Maubrec venait de sortir de sa cabine, superbe dans un maillot rayé, et il attendait sur le sable avec les peignoirs sur le bras. Mlle Taillepied parut à son tour dans un joli

petit costume un peu bien écourté et bien coquet, avec lequel elle eût certes produit un grand effet sur une plage plus fréquentée que celle de Kernoël. Cela laissait voir des épaules

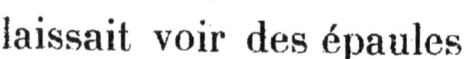

fort avantageuses, des bras ronds et potelés, bien dessinés, avec des fos-

settes aux coudes, et des jambes d'un joli
galbe au-dessus des genoux, sans compter
ce que cela permettait de deviner.

« Hé! hé! cette chimiste! fit M. de Carqueville s'interrompant au milieu de ses expli-
cations, assez agréablement grassouillette!

— Ce sera une boule à quarante ans! dit
Mlle la doctoresse Castilly ; il est aisé d'apercevoir un commencement d'envahissement
des tissus par la graisse.... »

M. Maubrec contemplait sa fiancée avec des
yeux ravis et ne se pressait pas de l'entraîner
vers la vague. Ce fut elle qui partit en sautillant, ce qui permit à M. de Carqueville de
la trouver gentiment rondelette de tous les
côtés et à la doctoresse de déclarer qu'elle
devait bien vite devenir indécemment massive
et ballonnante.

M. de Carqueville glissa un regard de côté
vers la doctoresse. Elle n'était point ballonnante, elle! Elle n'était pas menacée de se
transformer rapidement en boule, certes non,
elle était plutôt maigre, au contraire. Un pli
se creusa au front du notaire. N'y avait-il

pas, en plus, des artifices de toilette à redouter? Le corsage, raisonnable tout au plus, n'était-il pas sophistiqué?

M. Maubrec et Mlle Castilly s'ébattaient maintenant dans les petites vagues juste assez fortes pour les soulever en les couvrant d'écume. Ils nageaient gentiment tous deux et luttaient à qui fendrait plus vite les lames; mais M. Maubrec ne donnait pas toute sa vitesse, il restait le plus près possible de sa fiancée, bien près même, sous prétexte de lui donner une leçon de coupe. Bientôt il l'aida à faire la planche, et on le vit s'en aller avec elle assez loin en la poussant par les pieds.

« Voilà un flirtage aquatique un peu trop fort, fit la doctoresse, et cela ne laisse pas d'inquiéter le mentor de cette demoiselle évaporée.... »

En effet, le mentor, avec les deux peignoirs sur les bras, marchait sur la grève, sautillant à la limite des vagues en faisant de grands gestes d'appel désespéré aux nageurs.

« Hé là-bas! n'allez pas si loin! Berthe, pas trop loin..., c'est dangereux !

« Oui, mon oncle, répondit Berthe, nous revenons.... »

Il y avait un groupe de rochers avec une petite bordure de sable à trois cents mètres du rivage : au lieu de revenir, ils se dirigèrent en riant vers cet îlot et se laissèrent échouer sur la grève doucement chauffée par le soleil.

Après être restés un quart d'heure sur l'îlot, causant étendus sur le sable ou grimpant aux roches, les fiancés se décidèrent enfin à revenir vers la plage, où l'oncle les attendait avec

des peignoirs et une admonestation en réserve. Trois photo-peintres, pendant le bain, étaient arrivés derrière les cabines; ils avaient eu le temps de monter leurs appareils un peu compliqués et de préparer leurs ingrédients chimiques.

Lorsque les fiancés sortirent de l'eau, ils firent de la petite scène qui se présentait bien un instantané en couleurs sur des petits panneaux de 50 centimètres. Avec quelques retouches au pinceau à l'atelier, cela devait donner de ravissants petits photo-tableaux de genre.

L'un des artistes, photo-picto-mécanicien de talent, réussit même avec cette étude une photo-peinture machinée à personnages animés, d'une grâce exquise et pleine de naturel, exposée avec un énorme succès au dernier Salon des « Tourmentés de l'art ».

Le perfide M. de Carqueville, pendant que les fiancés se rhabillaient, s'en fut causer avec leur mentor et trouva moyen de lui laisser voir que la galanterie vraiment un peu trop empressée de M. Maubrec lui semblait presque compromettante. « Songez donc! Si, pour une raison ou pour une autre, le voyage ne tournait pas bien! »

Le mentor prit un air de dignité sévère.

« Monsieur, le voyage finira bien.... Ces enfants s'adorent!... Théodule jure tous les jours dans le phonographe de ma nièce un tas de choses..., ils se jurent réciproquement

des tas de choses que je garde soigneusement jusqu'à conclusion définitive.... Cela ne tardera pas, d'ailleurs, ce petit voyage d'essai tire à sa fin, la noce est pour la semaine prochaine!... Nous prenons la diligence dimanche à trois heures pour quitter le Parc national, et à six heures le tube de Châteaulin nous verse à Paris pour le dîner....

— N'importe, soignez-les bien jusque-là : ce Théodule est d'une ardeur!... »

Pendant que les baigneurs se rhabillaient, la petite pantomime jouée de l'autre côté de la crique par le couple Guillebert-de Hambye avait pris fin; les grands gestes peu à peu avaient cessé, la dispute s'était calmée. Ils revenaient tous deux, marchant sur la même ligne, mais à distance raisonnable l'un de l'autre, l'air froid et pincé.

« Enfin, mademoiselle, c'est le quatrième voyage de fiançailles que vous faites, le quatrième essai, ne le niez pas! vous pensez bien qu'avant de partir j'ai pris mes informations....

— Vous êtes mal informé, monsieur, ce n'est pas le quatrième essai, comme vous dites....

— Ce n'est pas la quatrième fois que, votre petit penchant à la domination ayant percé sous votre apparente douceur, il y a eu rupture de fiançailles?....

— Non, monsieur, c'est la cinquième! Il y a eu avant vous quatre fiancés dont, après épreuve, je n'ai pas voulu....J'ai conservé précieusement les phonogrammes des dernières entrevues, des scènes de rupture, je tiens à vous les communiquer pour vous prouver que si mes précédents voyages de fiançailles ont mal tourné, c'est moi en définitive qui ai repoussé des fiancés peu acceptables, qui ai renoncé à des projets d'union où je ne voyais pas suffisamment de chances de bonheur.... Que voulez-vous, c'est comme un sort, je n'ai pas la main heureuse en fiancés! le premier était trop bête, le second trop grincheux, le troisième pas assez intelligent, le quatrième....

— Passons au cinquième.

— Ma pensée sur le cinquième? Je la réserve pour le sixième, monsieur! »

VII

Une petite baie à quelques kilomètres de Kernoël reçut le lendemain de cette belle journée quelques étrangers venus de loin.

Une aéronef de plaisance américaine, éprouvée pendant la traversée de l'Atlantique par un coup de vent survenu précisément lorsque le mécanicien, ses deux aides et une partie des passagers se trouvaient plongés dans une douce ivresse, était obligée de relâcher quelques jours pour réparer ses avaries.

Cette aéronef devint un but de promenade

pour les hôtes du *Grand-Saint-Yves*. Georges et Estelle frétèrent une carriole, laissant à l'auberge La Héronnière gardé par Grettly, et Sulfatin en train de faire déchiffrer à son phono un paquet de phonogrammes reçus de Paris.

On retrouva devant

l'aéronef, au milieu d'un certain nombre de paysans du Parc national ébahis devant le très joli et très curieux yacht aérien, quelques autres voyageurs venus à la baie sans s'être donné le mot. C'étaient d'abord les fiancés Maubrec-Taillepied, toujours la main dans la

main et les yeux dans les yeux, de plus en
plus émus et soupirant tous deux avec une
violence à faire déraper l'aéronef. Le mentor,
un peu inquiet, ne les quittait pas d'une se-
melle ; un peu plus le brave oncle attachait
sa nièce avec une ficelle pour ne pas risquer
de la perdre de vue. M. Guillebert, les mains
dans les poches et le cigare aux lèvres, se
promenait sur la grève d'un air très placide,
tandis que Mme la doctoresse Castilly, fort
agitée, errait le long de la côte, tournant le
dos à l'aéronef et regardant toujours du côté
de Kernoël.

Sur le sable, au ras des flots, comme un
gros oiseau blessé, l'aéronef américaine repo-
sait. C'était l'*Étoile des lacs*, de Chicago,
nº 465 du « Great aeronautic club », appartenant à James Fergus, marquis de Michiganland, de Fergus Castle, fils cadet de Fergus II, dictateur du royaume des Grands Lacs,
tué il y a deux ans dans la longue guerre
entre les lakistes et la république de New-
York, et frère du dictateur actuel Fergus III.

L'*Étoile des lacs* était un remarquable véhi-

cule aérien cubant 780 mètres d'air, d'une ar-
chitecture élégante et d'un confortable vraiment féerique. Le marquis de Michiganland,
lorsque Georges Lorris lui eut fait passer sa
carte, s'empressa de quitter sa sieste, où le
retenait une migraine bien gagnée la veille, et
d'accourir à l'escalier de tribord au-devant
du fils du grand ingénieur.

Le jeune couple, suivi de ses amis du
Grand-Saint-Yves, visita de fond en comble
l'*Étoile des lacs* et en admira fort la charmante
installation. Le marquis se montra plein de
prévenances ; lui aussi justement était en
voyage de fiançailles, il faisait son petit tour
du monde, en compagnie de quelques amis,
jeunes seigneurs ou hommes politiques d'im-
portance, avec sa fiancée, l'une des reines de
l'aristocratie américaine, miss Maud Smithson, fille de lord Smithson, ancien banquier
et prétendant au trône de Californie, et le
mariage devait être conclu au retour.

Sur la plate-forme supérieure de l'aéronef
fut servi un lunch extraordinairement abon-
dant en vins des hautes marques califor-

niennes et des différents whiskys de tout âge.
Georges s'expliqua très bien l'accident arrivé
à l'*Étoile des lacs* ; on avait emporté une cave
trop bien garnie, et depuis le départ le champagne californien coulait à flots.

Le marquis de Michiganland raconta ingé-
nument que, l'aéronef ayant paru un peu
lourde, on s'était efforcé de l'alléger, en con-
sommant le plus possible de liquides en
route. Pouvait-on jeter à la mer les caisses
de claret de Californie à dix dollars la bou-
teille ! Cela eût semblé criminel à tous ! En
conséquence, il avait bien fallu le boire. De
même que les passagers, le mécanicien et ses
aides avaient sans discontinuer fait sauter les
bouchons. Vers le milieu de la traversée de
l'Atlantique, une violente tempête du sud-
ouest éclata, alors que ces gentlemen se trouvaient peu en état de manœuvrer, et l'*Étoile
des lacs*, au lieu de filer sur Gibraltar, Alger,
Malte et Stamboul, emportée par la tourmente,
ses propulseurs faussés, fut poussée sur la
pointe d'Armorique, où le mécanicien, ayant
repris ses esprits, jugea prudent d'atterrir.

Le petit lunch prit bien vite de trop vastes proportions; les compagnons du marquis, les jeunes lords au large gosier et même quelques sénateurs grisonnants d'une capacité considérable, semblaient par trop désireux d'aider à l'allégement de la soute aux liquides; aussi Georges et Estelle ne tardèrent-ils pas à

remercier l'amphitryon de ses nombreux toasts et à prendre congé.

Sur la route de Kernoël, le couple Maubrec fut d'une gaieté folle; il s'était laissé entraîner par les Américains à toaster trop copieusement au bonheur conjugal du marquis, au bonheur conjugal de Georges et d'Estelle, à son bonheur conjugal particulier et au bonheur conjugal de tout le monde.

En voiture, Berthe ne cessait d'embrasser Théodule, malgré les objurgations de son oncle; celui-ci finit par se fâcher et par se placer entre les deux, ce qui changea la gaieté de Théodule en amère tristesse et le fit fondre littéralement en larmes. Comme il avait, malgré tout, le champagne californien loquace, il se rejeta du côté de Georges pour épancher sa douleur dans son sein.

C'est ainsi que, l'oncle morigénant, Berthe boudant, et M. Maubrec larmoyant sur les tristesses de la vie, on arriva au *Grand-Saint-Yves.*

Heureux d'être débarrassés des lamentations du couple Maubrec, Georges et Estelle se hâtèrent de rentrer. Sulfatin continuait dans sa chambre à dérouler ses phonogrammes, revues scientifiques et journaux phonographiques; Grettly jouait aux dominos avec son malade, le pauvre La Héronnière, qui commençait à se sentir l'intellect assez solide pour risquer le formidable travail cérébral nécessité par les combinaisons du double-six. Quant aux mentors, ils étaient sur le point d'achever la partie de billard commencée le matin après déjeuner.

« Vous voilà de retour, dit à Georges Lorris le banquier Guillebert, rentré depuis longtemps de sa promenade à la baie, vous ne savez pas ce qui m'arrive?

— Non, ce n'est pas quelque chose de désagréable, j'espère? fit Georges.

— C'est quelque chose de très drôle; je suis bien aise de vous en faire confidence.... Figurez-vous qu'on m'a enlevé ma fiancée!

— Diable!

— Je devrais dire mon ex-fiancée, car nous avions presque rompu ce matin.... On me l'a enlevée!

— On a enlevé Mlle Juliette..., Mlle de Hambye, veux-je dire! s'écria Estelle.

— Tout ce qu'il y a de plus enlevé! Mais vous voyez que Roméo porte son malheur assez allégrement.... Attendez, ce n'est pas fini, voici la doctoresse Castilly qui me paraît très agitée, vous allez voir la suite!

— Monsieur Lorris, je vous prie, dit la

doctoresse s'avançant, vous n'avez pas rencontré en route M. de Carqueville?

— Non, mademoiselle, répondit Georges, je ne l'ai pas vu depuis ce matin....

— C'est vraiment extraordinaire!

— Pas si extraordinaire que cela, fit le banquier en roulant une cigarette, puisqu'il est parti tout à l'heure avec Mlle de Hambye....

— Parti avec Mlle de Hambye?

— Sans doute, puisqu'il vient de l'enlever! C'est une honte, une abomination, votre fiancé m'enlève ma fiancée! Double catastrophe!... Les airs de petit agneau candide et timide de Mlle de Hambye, la douceur qu'elle affectait pour m'amadouer, ne faisaient pas d'effet sur moi, qui l'étudiais sérieusement et qui, à certains indices, avais deviné qu'elle comptait bien se rattraper une fois mariée; mais ces petites affectations n'ont pas été perdues : monsieur votre fiancé s'est dit que cette douce personne ferait bien son affaire, et il est allé recommencer avec elle un autre voyage de fiançailles.... Voilà!

— Il a enlevé Mlle de Hambye! s'écria la

doctoresse, le misérable! Je le croyais simplement parti tout seul.... Qu'allez-vous faire?

— Moi? C'est bien simple! je vais... je vais demander ma note et rentrer à Paris demain matin.... Je respire, je me sens vraiment soulagé.... je viens d'échapper à un grand danger.... Songez donc! Si je n'avais pas été aussi clairvoyant, ou si j'avais moi-même fait le joli cœur, le fiancé empressé, toujours aux petits soins, toujours prêt à dire *amen* à chaque mot sorti des lèvres roses de sa fiancée, ça y était, nous étions mariés!... Brrr! »

L'enlèvement de Mlle de Hambye fut, on le pense bien, le sujet de toutes les conversations à la table d'hôte du soir. On le savait: un certain nombre de voyages de fiançailles ne se terminaient point par un mariage, un sur quatre, d'après les statistiques, n'aboutissait point; alors on s'en allait signer une déclaration de rupture chez le premier officier de l'état civil venu, on se saluait, et tout était dit, cela ne causait ni trouble, ni dérangement.... mais cette fois il y avait presque scandale!

M. Guillebert demanda sa note le soir même, pressé de rentrer à Paris pour recommencer un autre petit essai matrimonial aussitôt qu'il aurait quelques semaines à lui.

En même temps le mentor du couple Maubrec régla sa dépense au *Grand-Saint-Yves*. Lui aussi était pressé. Décidément il n'allait pas jusqu'au bout des trois semaines traditionnelles du voyage de fiançailles; il jugeait prudent d'avancer de quelques jours le mariage de ces jeunes gens vraiment trop brûlants.

Il n'allait plus rester au *Grand-Saint-Yves* que Georges Lorris et Estelle avec les photo-peintres, redevenus les maîtres du billard.

« Voilà qui va mal! dit le docteur Sulfatin, quand il apprit les événements.... Et vous, jeunes gens, ne craignez-vous pas pour votre petite expérience matrimoniale une conclusion aussi désastreuse?

— Qu'en pensez-vous? fit Georges en pressant la main d'Estelle.

— Je ne crois pas, répondit celle-ci.

— Et moi, mon cher mentor, je crois pou-

voir vous affirmer, dit Georges en riant, que
vous serez de noce avant peu : me voici presque aussi impatient que M. Maubrec de voir
arriver le terme du voyage de fiançailles.... »

Estelle, rougissante, lui mit la main sur la
bouche pour l'empêcher de continuer.

PARIS. — IMPRIMERIE LAHURE

9, RUE DE FLEURUS, 9